Summary: The story has fashioned a dreamlikd adventure out of a little girl Aya's musings, showing along the way the inner workings of
the imagination and its unique magic.

阿亞的奇幻歷險　文／孫晴峰　圖／陳志賢
美術設計／Eric C.、蔚藍鯨

編輯總監／高明美　總編輯／陳佳聖　副總編輯／周彥彤
特約專案行銷經理／何聖理

社長／郭重興　發行人暨出版總監／曾大福
出版／步步出版 Pace Books
發行／遠足文化事業股份有限公司
地址／231 新北市新店區民權路 108-2 號 9 樓
電話／02-2218-1417　傳真／02-8667-2166
Email／service@bookrep.com.tw
客服專線／0800-221-029
法律顧問／華洋國際專利商標事務所、蘇文生律師
印刷／卡樂、卡騰印刷事業股份有限公司

2017 年 12 月初版　定價／320 元　ISBN／978-986-95177-8-2

阿亞的奇幻歷險

文/孫晴峰　圖/陳志賢

步步出版

我一個人在白石山上。

這兒的石頭，
又軟又黏，拿來堆城堡，好好玩。

我看見遠方
有個冒著白色煙霧的神祕湖。

我好想過去瞧瞧，
可是，怎麼過去呢？

嗯，還是來玩點別的吧！

我用白石做了一個球，
用力一踢，嘩——竟然蹦出了‧‧‧‧‧‧

‥‥‥‥一隻大鳥。

大鳥飛起，
載我到神祕湖的上空。

我縱身跳進湖裡。

湖水暖暖的，裡頭漂浮著色彩繽紛、
形狀古怪的大木頭。

天哪，
眼前竟是一群糾纏的水蛇！

太驚險了，

我飛快的溜出水面，想立刻

離開這個怪地方。

於是，我撿了好些湖裡的怪東西

做成一輛車。

開著它可以到處去探險。

咿比！出發嘍！

我經過一片原野，

咦，怎麼向日葵都這樣扁扁的？
像被一隻大腳丫踩過似的。

哇！

一塊巨石從天上飛落下來，

轟的一聲，巨石砸爛了我的車，
把我給震翻了個大跟斗。

我疲憊的繼續向前走，

一座高山
擋住了我的去路。

山的表面滑溜得很，
我手腳並用，
像蜥蜴那樣的往上爬。

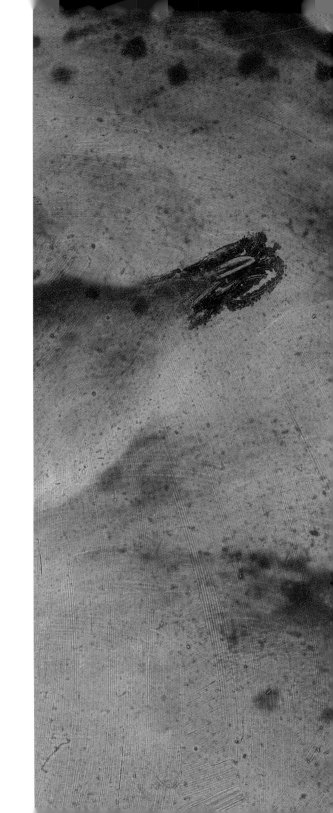

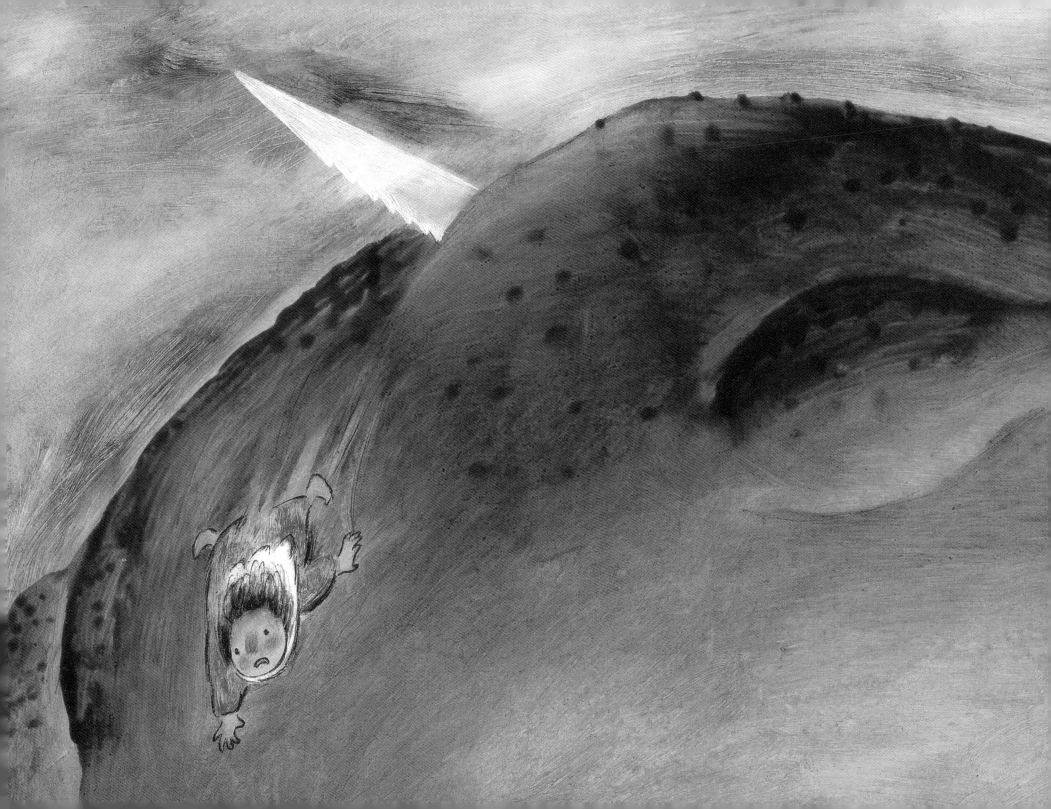

忽然，
整座山劇烈的晃動起來，
我一個沒抓穩，跌落在地。

抬頭一看，
不得了，這哪裡是山？
這……這不是一隻烤雞嗎？

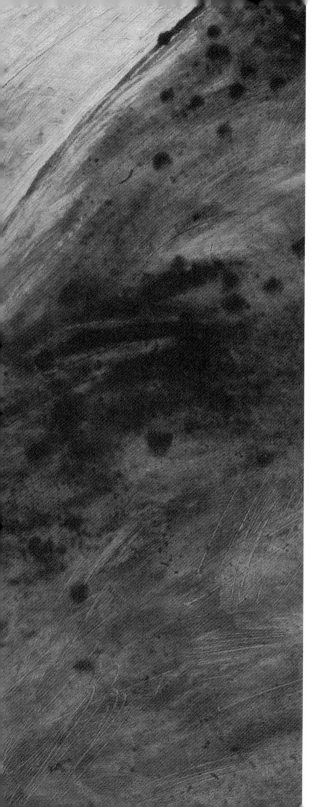

我嚇得趕忙站起來，
四處張望，

怎麼到處都是一堆堆
超大號的食物？

「難道，我是上了巨人
的餐桌了嗎？」

這時候，

天上傳來了隆隆的聲音。

啊，一定是巨人來了！
他們要來吃我了！

我咻的，躲藏起來……

「嘿，阿亞，阿亞！
你在想什麼呀？

快把胡椒粉遞給媽媽。」

本書《阿亞的奇幻歷險》源自作畫者於 1994 年，在美國留學期間與

波士頓 Hougton Mifflin 出版公司合作的原創繪本。2017 年由 Pace Books

步步出版邀請兩位作畫者再次合作，重製發行。

光影瀰漫的夢境

這本書的主角阿亞作了一場白日夢，隨著夢境的發展，阿亞經歷了一連串奇幻的冒險。讀者在文字與圖畫交互引導下，也參與了阿亞的冒險，同時漸漸發現夢裡的一切都和食物及餐具有關。直到最後看到整張餐桌，和桌子旁邊用餐的人，才完全了解阿亞怎麼會編織出這樣一場白日夢。

孫晴峰的文字採用阿亞第一人稱觀點敍述，借此保留了一種懸疑效果，讓讀者很是好奇所謂的又軟又黏的白色石頭、冒著白色煙霧的神祕湖……到底是什麼？並且試著解開這些不可思議的謎團。隨著情節趨向驚險、緊張，描述也愈來愈具象化，讀者才把所有的線索拼湊了起來。

陳志賢的圖畫強化了故事的超現實氛圍，比文字早一步讓讀者看到各種食物組成的場景。畫家藉著暈塗的色彩和朦朧的光影營造出一個個夢幻般的情境，微妙而有豐富的層次，他又運用靈活的、多重的線條勾勒輪廓，使畫上的形體充滿動感和不斷變化的可能。除了實際畫出的線條外，畫家還在顏料上刮出許多反白線，一方面增加了紋理表現的趣味，另一方面也強化了動態效果。

文字和圖畫都由片面到整體，是一段揭曉謎底的過程。書中頁面與頁面之間的關聯並不全然明確，是創作者刻意保留的模糊狀態，直到最後一頁才讓讀者一目了然，讓讀者和前面的畫面相互對照，找出夢中歷險的經過，也終於明白是哪些東西喚起了阿亞的想像。 （宋珮／藝術工作者）

孫晴峰 / 作者

生於台灣台南縣，祖籍江蘇鎮江。獲美國教育工學碩士、兒童文學碩士、及傳播學博士，現任紐約大學（ New York University）專業學院媒體學教授。從大學三年級起，發表童詩、童話，共出版中文及英文著作與翻譯童書近四十本。作品曾獲台灣中國時報文學獎童話首獎、信誼幼兒文學獎評審委員推薦獎、兒童文學協會金龍獎、金鼎獎優良圖書，並屢獲聯合報《讀書人》，中國時報《開卷》和台北市圖書館書評推薦《好書大家讀》等獎勵。

陳志賢 / 繪者

大學主修美術，研究所念建築。除了從事設計工作之外，更喜歡兒童繪本的創作。風格率性而富童趣，強調直覺與樸質的圖像表現。第一本自創圖畫書《逛街》，獲得信誼幼兒文學獎首獎。《小樟樹》、《A Brand New Day》以及《腳踏車輪子》獲選義大利波隆那國際插畫展及台北國際書展金蝶獎。《池塘真的會變魔術嗎？》獲開卷年度最佳童書獎。其他作品尚有《幼幼小書》、《數字歌》、《Squre Beak》等。繪本與藝術創作獲德國 Klingspor 美術館及台北市立美術館永久典藏。